CODE POÉTIQUE

PAR

Victor BERNARD.

Prix : 75 cent.

PARIS
DEZOBRY ET E. MAGDELEINE, LIBRAIRES-ÉDITEURS,
Rue des Maçons-Sorbonne, 1.
ET CHEZ LES MARCHANDS DE NOUVEAUTÉS.

1850

A Monsieur le Conservateur de la Bibliothèque nationale à Paris,

Monsieur,

Il y a quelques jours qu'a été déposé, conformément à la loi, un exemplaire d'un petit traité sur la versification, intitulé : Code Poétique

une omission de deux vers qui s'est glissée au bas de la page 7.

L'hémistiche et césure, il ne faut pas s'y méprendre, est un trait distinctif et facile à comprendre ;

laisser voir la césure, en même temps qu'elle cache une faute qui devient capitale dans un petit traité de ce genre.

Je viens en conséquence, Monsieur, vous demander d'avoir la bonté de me faire rectifier cette omission ou de me permettre de la rectifier moi-même, veuillez recevoir, Monsieur, l'expression de mes sentiments les plus distingués

[illegible]

Le 11 septembre 18[illegible].

[illegible] St. Apolline

Monsieur,

Monsieur le Conservateur de la

Bibliothèque nationale,

Paris,

CODE POÉTIQUE.

Ce petit traité de versification, — complet dans un cadre restreint de moins de six cents vers, —a pour but de rendre familiers les premiers éléments qui conduisent à la connaissance de la poésie.

Chaque règle est immédiatement suivie de son application mise en exemple dans le précepte même. Il suffit donc de lire avec attention ces six cents lignes pour connaître parfaitement le mécanisme des vers.

Lues d'un seul jet, il n'en résulterait que fatigue sans profit; il faut lire lentement, ne passer d'un article à un autre que lorsqu'il a été bien saisi, et s'arrêter là où l'esprit trop tendu cesse de comprendre.

Cette lecture, enfin, doit être faite comme un jeu qui consiste à chercher l'application de la règle renfermée dans le précepte.

Parmi les essais de toutes sortes, où les poètes se sont amusés à créer, pour les surmonter, les difficultés infinies qui résultent des combinaisons des différents genres de vers, aucun, jusqu'alors, n'avait été entrepris pour donner en vers les règles elles-mêmes de la versification.

Ce petit traité se présente donc sous une forme entièrement neuve.

Quant au fond, il aura pour utilité :

D'apprendre à juger les vers, en enseignant leur mécanisme;

Et de refouler la pensée d'en faire chez les personnes qui ne possèdent pas complétement les règles, en développant sous leurs yeux les obstacles nombreux à vaincre pour parvenir seulement à la prose rimée.

Victor BERNARD.

Paris, le 5 septembre 1850.

CODE POÉTIQUE.

CHAPITRE Ier.

De la Mesure, de l'Hémistiche et de la Césure.

L'art de versifier a ses règles à soi
Qui ne dispensent point de la commune loi
Pour la prose et les vers en grammaire érigée,
Dont la stricte observance est partout exigée.

Les vers veulent les mots avec ordre assemblés,
Ayant les sons, le nombre et les repos réglés ;
Et sous ce triple joug que la pensée endure,
Loin de rendre la phrase ou faible, ou louche, ou dure,
Les obstacles vaincus ont toujours pour effet
De la voir nette et claire, ou le vers est mal fait.

Du vers chaque syllabe est strictement comptée
Pour-vu qu'el-*le* ait un son, tou-*te* au-*tre* est ex-cep-tée.
1 2 3 0 4 5 6 7 0 8 0 9 10 11 12
La syllabe, en effet, qu'on n'articule pas,
En mesurant le vers, glisse sous le compas.
Dans l'exemple ci-haut, les syllabes scandées
Nous en désignent trois qui restent élidées :
Qu'el-le donnant deux sons, en perd un dans *qu'elle ait.*
En prononçant les mots, on sent qu'il le fallait ;

Les autres ont de même un final au son vide
Qui passe au son suivant, dans lequel il s'élide.
La dernière syllabe, en un vers féminin,
Prend, comme nous verrons, l'*e* muet à la fin.
Le son étant très-faible alors qu'on l'articule,
Dans le comp-te du vers, cet-te syl-la be est nul-*le*.
1 2 3 4 5 6 7 8 9 10 0 11 12 0
Mais, pour scander un vers avec précision,
Il n'est pas à noter rien que l'élision;
Des syllabes encor combien la liste est longue
Où les voyelles ont le son d'une diphthongue
Dans le langage en prose, et que, contrairement,
On articule en vers toujours séparément!
Cherchons-nous une règle afin de nous instruire?
Mille exemples divers arrivent la détruire;
Rien de fixe et de stable, on ne s'arrête à *rien*.
C'est *dia*-ble et *di-a*-dême; *épi-cu*, *pieu*, *li-en*,
Des syllabes du mot les lettres sont pareilles
Et vont différemment sonner à nos oreilles.
Pourquoi, si l'on prononce en vers ainsi *ni-ais*,
Fait on à volonté d'un son ou de deux, *biais*?
Hi-er compte, on le sait, deux syllabes en prose,
Et le vers en diphthongue admet qu'on en dispose;
Ce mot semble-t-il pas la règle renverser?
Sur un seul point la règle a su se prononcer.
Tous les verbes en *ier* qui, conjugués, nous donnent
Soit *i-ez*, soit *i-ons*, en deux syllabes sonnent.
Hors ceux-là, distingués dans leur infinitif,
Tout verbe à l'imparfait dit de l'indicatif,
Au conditionnel, celui du temps neuvième,
Au présent subjonctif, à l'imparfait du même,

Qui fait au pluriel dans ses finals *iez*, *ions*,
Les veut d'une syllabe : Ecou-*tiez*, chante-*rions*.
A moins que ces finals aient l'*r* qui les précède
Avec une consonne à laquelle il succède,
Comme dans mett-r-*i-ez*, souff-r-*i-ons*, rend-r-*i-ez*,
Où l'on entend deux sons dans *ri-ons* et *ri-ez*.

Les syllabes du vers distinguent son espèce.
Depuis UNE il peut être, et passé DOUZE il cesse ;
Un vers d'ONZE ou de NEUF serait estropié.

La syllabe d'un vers se nomme un demi-pié.

Chacun des deux plus grands en deux parts se mesure,
Se coupe en hémistiche — et marque une césure;
Le vers *a-lex-an-drin* — par trois pieds com-*me* i-ci.
1 2 3 1 2 3

Le vers *com-mun* — ou de cinq pieds ainsi :

Dans l'un, deux pieds,—trois pour l'aut-*re* en ré-ser-*ve*.
1 2 1 2 3
En respectant le sens, l'hémistiche s'observe
Sans rompre un mot en deux ou deux mots très-unis
Comme tous ceux que j'ai par un trait réunis ;
Qu'un *e* muet s'y placE, — Aussitôt on l'élide,
Ou l'on n'obtiendrait point d'hémistiche valide ;
Que cet *e* soit suivi de l'*s* ou d'*n-t*,
Toujours de l'hémistiche il sera rejeté.
En prenant pour exemplE — Ici ce vers lui-même,
Le son d'*exemple* cesse à sa pénultième,
L'*e* muet a passé dans le son vibrant d'*i*,
Sans quoi de l'hémistiche il eût été banni.

L'hémistiche en son lieu — prend sa place de droit.
La césure n'adopte = elle = jamais d'endroit;

\# hémistiche et césure, il ne faut s'y méprendre,
Ont un trait distinctif et facile à comprendre:

Plus libre en son allure = elle tranche = divise,
Coupe = en deux ou trois parts = selon qu'elle s'avise,
Le vers = à tel endroit qu'il lui plaît de choisir,
Ou plane sur plusieurs suivant son bon plaisir.
L'un coupe en deux le vers au sens parfois hostile,
Et l'autre suit toujours les mouvements du style.
Voilà quel est le trait distinctif de chacun,
Soit dans l'alexandrin, soit dans le vers commun.

Si ces vers sont ainsi coupés par une pause,
Il en est une encor quand la rime se pose,
Et ce dernier repos est même mieux marqué.
Pour tous les autres vers ce repos indiqué
Est dans les plus petits un repos impossible;
Mais dans l'alexandrin il devient très-sensible,
C'est toujours un défaut que de s'en affranchir :
Si le sens non fini nous contraint de FRANCHIR
L'AUTRE VERS pour avoir cette fin attendue,
La pause qu'il fallait ne peut être rendue.

Ce défaut dans un vers se nomme enjambement ;
On peut le tolérer, mais au cas seulement
Qu'en la narration il produise une image,
Qu'il décore le vers loin d'y porter dommage.

CHAPITRE II.

De l'Elision et de l'Hiatus.

L'*e* final et muet d'un mot s'élidera
Dans le mot qui le suit quand il commencera
Soit par l'*h* muette ou par une voyelle.
Il est une remarque à faire essentielle

Dans la lettre qu'on voit l'*e* muet précéder :
Si c'est UNE VOYELLE, ou l'*e* doit s'élider,
— L'oreille le demande — ou le mot se supprime,
Ou bien du corps du vers ce mot passe à la rime ;
Si c'est UNE CONSONNE, alors l'élision
Se fait à volonté suivant l'occasion :
Soit *prosod*Ie *I*ci, la voyelle précède
L'*e* muet qui s'élide en l'autre *i* qui succède,
Sans cette élision le mot n'eût point resté ;
Soit *sylla*Be, Où l'on voit *b* consonne avant *é*
Que l'*o* voyelle élide ; une lettre consonne
Après sylla-BE *M*ise, on a le BE qui sonne,
Et le mot peut rester, qu'il soit au singulier,
Qu'il soit au pluriel, le vers est régulier ;
Ce n'est qu'à l'hémistiche — étant suivi d'une *s*
Que l'élision veut qu'un tel mot disparaisse ;
Mais ceux en *ée*, *ie*, *ue*, en pluriel finis
N'ont place qu'à la rime ou du vers sont bannis (1).
On comprend pourquoi là leur place est réservée,
C'est que la règle y veut une pause observée ;
Mais qu'un enjambement là se soit introduit,
L'effet des mauvais sons sera toujours produit.
Si, le vers terminé, la phrase *continue*
Le vers qui suit, eh bien ! la faute est revenue ;
Ou je poursuis le sens : l'*ue* est accentué ;
Ou je m'arrête... alors j'aurai mal ponctué ;

(1) A moins que ces mots-là SO-IENT ceux que l'on décline
Et qu'on peut employer en rime masculine :
Les conditionnels qui se terminer-*aie*-nt
Avec les imparfaits en *oient* ou bien en *aient*.

Dans l'un ou l'autre cas mon oreille est blessée;
Sans violer la règle, on sent qu'elle est froissée.
Cette remarque encor s'applique également
A l'hiatus causé par un enjambement.
L'hiatus est l'effet du choc de deux voyelles.
Entre deux mots voisins ce choc se fait (1) entr'elles
Quand l'un s'achève et l'autre aussi commence avec
Soit l'*é* fermé, l'ouvert, l'*a*, l'*i*, l'*o*, l'*u*, l'*y* grec.
ET, par exception, a le T *in*sonore,
Qui devant la voyelle *est* hiatus encore;
Par là, l'on établit une distinction
En prononçant *est* verbe ou l'*et* conjonction.
Telle est de l'hiatus l'exigence légale.
Pourtant de certains mots font une faute égale.
Si la règle le tait, faisons sentir l'abus
Du chO*c* des sOns d'où sOrt le crIArd hIAtus
Par le rapprochement de rudes dissonnances,
La répétitiON des sONs des assONances.
Le choc des sons nasals trop souvent répété
Est l*oin au*ssi de plaire *en un* vers *si h*âté.
Si la règle permet qu'une voyelle entrée
Puisse affronter le choc d'une *h* aspirée
Après un son nasal, en est-on satisfait?
Prenons EN AU HAsard et jugeons de l'effet!
C'est un double hiatus qu'en lisant j'articule,
Tout abus de ces mots rend le vers ridicule.

(1) A lieU Entr'elles, feraient ainsi un hiatus.

CHAPITRE III.

De la Rime.

La rime est le retour du dernier son d'un vers
Qui clôt le vers jumeau, mais dans un sens divers.
On distingue du son la voyelle sonnANTE,
La consonne qui frappe ou la prédomiNante;
Enfin soit la voyelle ou la lettre qui clôT
Le mot en certains cas, comme ici T de moT.
En deux genres divers les rimes sont classées,
Et nous verrons plus loin comme elles sont placées.
La rime masculine au son plein et ron*flant*,
Se reconnaît d'abord rien qu'en l'articulant;
La rime féminine est toujours adouci-*e*
Par l'*e* muet final qui la différenci-E;
Le mot au pluriel par l'*s* est complété;
Si ce mot est un verbe, il prend l'*n* et le *t*.
Tous les mots dénués de ces marques banales
Riment en masculin, ainsi que les finales
Des verbes dans les temps pluriels qui prendr-*aient*
Au conditionnel, à l'imparfait *oient*, *aient*,
En restant masculins.
En principe, la r-IME
N'est point sans dominante ou le son qui l'expr-*ime*.
Si brève qu'elle soit, la dominante elle A.
La lettre qui précède et qui la frappe-R-a
Est la prédominante; elle est parfois changée:
Si la rime est un verbe, elle est bien négligée.
Dans le monosyllabe, on la change: elle est B-*ien*;
Le mot nous y contraint, la règle n'y peut R-*ien*.

La subdominante est la syllabe ou la lettre
Qui termine la rime ainsi qu'elle doit l'être.
Elle est sonore ou non, cela dépend des *u*-S,
Allier l'une à l'autre est parfois un ab-*us* ;
Dans les vers féminins elle reste insonor-E,
Au masculin l'est-elle? Elle peut bien encore
Près de sa dissemblable arriver prendre ran-G :
Cet exemple posé dans ce vers se compren-D.
La dominante, ainsi que la prédomi-N-ante,
Peuvent chacune avoir une autre équiva-L-ente,
Comme en ces quatre vers un double exemple J'-*ai*,
Pour être plus précis, tout exprès arran-G-*é*.
Au premier exemple *n* est remplacé par *l*,
La rime peut passer, mais elle n'est pas belle ;
Si *g* dans le second a remplacé le *j*,
La rime est riche, encor qu'*é* substitue *a-i*.
Ce même exemple sert à nous faire connaître
Que sans subdominante une rime peut être,
A la condition, comme nous l'avons vU,
Que chacun des deux vers en sera dépourvU.
Quand la subdominante est l'*s*, l'*x*, ou *z*,
Il faut qu'au vers suivant *s*, *x*, ou *z* l'aide ;
Pour exemple prenons les rimes de ces *mots*
Qui font au pluriel très-bien deux vers ju-*meaux*.
Que le premier jamais au singulier paraisse,
Il ne pourra rimer à l'autre faute d'*s* ;
Tout mot qui représente un signe pluriel
Exige en l'autre mot ce signe essentiel.

Par le sens de la phrase une rime intro-*duite*
Dans sa jumelle sœur strictement repro-*duite*

Se nomme rime *riche*, et quand la par-*i-té*
Remonte à l'autre son, cet exemple est c-*i-té*.
Alors développant encor sa cons-*on-nance*,
D'une rime *très-riche* elle offre l'ord-*on-nance*.
La rime *suffisante* exige peu du son;
Elle n'a qu'un seul but, c'est la terminais-ON.
La rime riche veut que la même con-S-onne
Ou son équivalente à l'oreille la S-onne.
La très-riche se plaît dans la plur-*a-li-té*
Des sons et de tous points dans leur ég-*a-li-té*;
Mais l'oreille fait tout, car que peut-il me *faire*
Que dans deux sons pareils l'orthographe dif*fère*?
Quand j'irai pour les yeux chaque mot éplu*cher*
A l'oreille le son en sera-t-il plus *cher*?

Dans les verbes surtout la rime est éclop-*pée*
Si la prédominante en changeant l'a frap-*pée*
Deux fois différemment, et l'on doit s'appliquer
A rechercher la même. Il est à remarquer
Que lorsqu'elle est voyelle et très-accent-u-ée,
Une autre à celle-ci peut être rall-ɪ-ée;
Mais des vers masculins de la sorte all-ɪ-és
Pourraient par le bon goût risquer d'être h-ᴜ-és
Si la prédominante, ou consonne ou vo-ʏ-elle,
Loin de trouver dans l'autre une lettre ju-ᴍ-elle
Est, comme en ces deux vers, d'un genre différent.
Mais que la dominante, au son plein qu'elle rend,
Se suffise elle-même, ou voyelle ou con-s-onne,
Il importe fort peu laquelle alors la ᴅ-onne.

Quand les rimes au choix n'ont que très-peu de *mots*,
Comme celles ici qui viennent à pro-*pos*,

Si le son est pareil, il serait bien futile
De se préoccuper d'une lettre inutile.
La rime est pour l'oreille et non pas pour les yeux,
Pourtant les satisfaire ensemble est toujours mieux.

La rime en SUBSTANTIF trouve une bonne PLACE
Près de son homonyme en un VERBE et s'y PLACE ;
C'est bien le même mot, mais sous un autre *point*,
Chacun pris dans un sens que l'on ne confond *point*,
Pas plus que ce mot-ci qui finit cette *ligne*,
Ne saurait se confondre avec cette autre *ligne*
Que sur le bord de l'eau tient un flegme pêcheur.
Notons que ce mot rime à pénitent pécheur,
Mais que leurs dérivés : la rime longue : il pÊche
S'accorde mal avec la rime brève : il pÈche.
Ces mots sont, je le veux, distingués par un *trait*.
Il en est autrement de ceux-ci qu'on met-*trait*,
Ces *traits*-là ne sont pas de la même fa-*mille*,
Bien qu'ils soient ressemblants : autre exemple entre *mille*,
Le premier de ces sons par deux *ll* mouillé
Avec le son de l'autre est tant soit peu brouillé.

Ajoutons, pour finir sur les rimes ma *tâche*,
Que si deux sons divers présentent une *tache*,
Que si deux mots pareils ont l'un sous l'autre rang,
Parce que chacun d'eux un sens divers nous rend,
Que l'on n'obtiendrait pas de rime légitime
En alliant des mots d'un rapport trop intime :
A la rime *discret*, qu'*indiscret* pour rimer
Se place au vers suivant, il le faut supprimer ;
De simple à composé la rime n'est *permise*
Qu'autant qu'à cette règle elle se soit *soumise* :

Que nul rapport n'existe entre le *composé*
Ou dérivé du mot et l'autre mot *posé* :
Ce mot convient au sens, c'est en vain qu'il l'APPROUVE
S'il est un dérivé, la rime le RÉPROUVE.
Pendant que notre esprit s'évertue à rêver
A la rime qu'il faut, sans pouvoir la trouver,
Il arrive parfois qu'une rime insolite
Produit à l'hémistiche un vers hétéroclite ;
Soitque les deux moitiés du vers y donnent lieu,
Ou que la fin d'un vers rime avec le milieu
D'un des deux vers voisins, ou par la survenance
D'un demi-vers sous l'autre (1) *ayant même assonnance* (2).
A l'hémistiche un mot (—) *ne rimera donc pas* (3)
Avec ses cinq voisins (4) *soit du haut ou du bas* (5)
Que lui font les trois vers ici que je souligne
La rime a trois *endroits* (3), je les compte et désigne
En les numérotant (2) en regard d'une *croix* (✠)
Et j'indique une faute (1) à mon numéro trois.
Dans l'un ou l'autre cas, soit plus ou moins sensible,
La rime en ces lieux-là n'est jamais admissible.
Pour contraindre pourtant l'esprit à s'arrêter
Sur certaine pensée, on peut la RÉPÉTER,
Et par là RÉPÉTER la rime à l'hémistiche,
Mais on l'a mise exprès, cette rime postiche.

CHAPITRE IV.

Des Licences.

Soit par le choix des mots, leur transposition,
Par leur retranchement, leur altération,

Nous devons distinguer les licences heureuses,
De celles la plupart qui sont malencontreuses;
Celles-là dans des mots artistement mêlés,
Celles-ci dans des mots forcément mutilés :
Les unes sont des vers la force et la noblesse,
Les autres ont aux yeux quelque chose qui blesse.
  Qu'on transpose les mots, le sens doit rester pur
Et ne pas rendre un vers équivoque ni dur.
  Qu'un mot là retranché s'appelle une licence,
Si l'esprit sans effort supplée à cette absence,
Le sens n'a rien perdu, le vers gagne en beauté;
Mais un mot altéré prouve un vers trop hâté.
  Dans un style correct, les licences permises,
Si ce n'est rarement, ne sauraient être admises;
Sans doute elles rendront un service marquant,
Mais il faut éviter leur emploi trop fréquent.
  Le vers est-il trop court? un *que* va joindre avec*que*;
C'est sortir d'embarras tout-à-fait à la grecque.
Cet *avec* de la sorte à la rime arrangé
Voit un vers masculin en féminin changé.
Pour fuir l'élision, *grâce* - *s* exige une *s*;
Le mètre est au complet sans que cela paraisse;
J'ai *lors que* dans un vers, et ce vers est trop court;
Pour l'allonger d'un pied l'*a* nécessaire accourt.
  Le vers est-il trop long? d'*encor* l'*e* se supprime
Et peut ainsi changer le genre d'une rime.
Sais-je (1) pas qu'on enlève au verbe, en cas pressant,
Le *ne* qui le devance, en cet exemple absent?

(1) Sais-je pas pour NE sais-je.

On peut retrancher l'*s* à la rime que donne
Du verbe au singulier la première personne
De tout indicatif présent : ainsi *je pui*
Couper l'*s* à ce mot, cette règle à l'appui.

L'*s* qu'on coupe enlève une subdominante,
Devenue à la rime une lettre gênante ;
Mais l'*s* ne saurait après elle laisser
Une subdominante autre la remplacer.
Si du mot mutilé la lettre pénultième
Était celle marquant la personne troisième,
Soit le *t* ou le *d* que le verbe alors *rend*,
Comme en ce vers qu'ici pour exemple *je prend*,
Il ne faudrait jamais faire rimer ensemble
Ces verbes discordants qu'une faute rassemble.
Du reste, en général, sachons nous exempter
D'aller à la licence une rime emprunter.

A la fin d'un nom propre ou de géographie,
L'*s* au besoin du vers encore on sacrifie.

Dans un vers masculin j'ai *pensée* à placer ;
La licence fournit pour la rime : *penser ;*
Dans un vers féminin je puis par convenance
Changer un *souvenir* en une *souvenance ;*
Parfois au corps du vers la substitution
A lieu soit pour le mètre ou par distinction.
Si *pensée* exigeait la voyelle élidée,
L'élision se trouve en *penser* éludée ;
Si le vers demandait quatre pieds : *sou-ve-nir*
1 2 3
Dans *sou-ve-nan-ce* trouve un mot pour les fournir,
1 2 3 4

Et cette expression est d'autant préférée
Que pour la poésie elle fut consacrée ;
Loin d'être une licence, alors ce changement
Opéré dans le vers en devient l'ornement.
Le vers en général réprouve un mot vulgaire,
Il a ses mots à lui tels que : *soudain, naguère,*
Repentance, hyménée, antique, glaive, flanc ;
Parfois au lieu du mot, il met l'équivalent :
Quatre fois cinq, pour vingt ; pour femme, *fille d'Ève ;*
Il allonge la phrase ou bien la rend plus brève
En sachant avec art quelques mots élaguer,
Soit au besoin du mètre ou pour se distinguer,
Et préfère toujours la forme originale
A la vulgarité d'une phrase banale ;
Aussi le verra-t-on avec soin recueillir
Les mots que pour la prose on a laissés vieillir.

CHAPITRE V.

De l'Arrangement des vers.

On peut considérer les vers dans leur mélange
Par la rime qu'on croise et le mètre qui change ;
Les deux genres de vers sont de sorte mêlés,
Que trois vers ne soient pas d'un seul genre assemblés (1),

(1) A la rigueur la règle ne s'applique
Qu'à l'égard des alexandrins.
En d'autres vers parfois trois masculins
Succéderont à trois vers féminins,
Surtout dans le style comique ;
On en voit même quatre en un sujet lyrique
S'allier avec la musique
Dans les refrains.

Libres, *croisés*, *suivis*. la rime ne rassemble
Que deux vers d'un seul genre et qui riment ensemble;
Elle défend surtout de mettre en aucun cas
Deux vers d'un même genre et qui ne riment pas.
Les vers *suivis* toujours sont égaux dans leur mètre;
Ils marchent deux par deux, par genre, sans permettre
Que deux vers l'un sous l'autre aillent prendre leur rang,
Ayant le même son de genre différent;
Il faut que l'un des deux de l'autre se sépare,
L'assonnance semblable en ces vers les dép-ARE.
Ce vers qui va frapper l'oreille et le reg-ARD
Prouve assez qu'à la règle il faut avoir égard
Qui veut que dans les vers d'une même série
Autant qu'on le pourra les rimes on varie.
Ils demandent aussi de ne pas répéter
De quatre en quatre vers la rime, et d'évitER
Celle qui donnerait la même désinence
Ou dont la parité serait une assonnance;
Ainsi ce présent vers pour exemple plaCÉ
Doit donc suivant la règle être encore effacé.
Les vers *croisés* sont ceux qui, le terme l'indique,
Se mélangent d'après un ordre méthodique;
Ils se croisent tantôt un par un simplement :

Masculin; féminin; masculin; féminin.
Ou féminin; masculin; féminin; masculin.

Ils sautent deux à deux parfois boîteusement :

Masc. fém. fém. masc. fém. fém. masc., etc.
Ou fém. masc. masc. fém. masc. masc. fém., etc.

Ou bien quatre croisés deux vers suivis précèdent :

Masc. fém. masc. fém. masc. masc.
Ou fém. masc. fém. masc. fém. fém.

Ou se sont les croisés aux suivis qui succèdent;

Ou l'on met les suivis ou croisés au milieu;
D'autres façons encor l'ordre peut avoir lieu,
Et leur combinaison à l'infini varie
De grands et petits vers qu'ensemble l'on marie :
Les vers mê-lés ar-pen-tent le ter-rain
1 2 3 4 5 6 7 8 9 10
D'u-ne mar-che i-né-gale
1 2 3 0 4 5 6
Met-tant un pe-tit vers près d'un a-lex-an-drin
1 2 5 4 5 6 7 8 9 10 11 12
Et l'in-ter-vale,
1 2 3 4
Entr'eux,
1 2
Soit d'u-ne ri-me ou de deux;
1 2 3 4 0 5 6 7
Tout ce-la s'ar-range,
1 2 3 4 5
Se mé-lange,
1 2 3
Bien,
1
Sans vi-o-ler la rè-gle en rien.
1 2 3 4 5 6 0 7 8
Ces dix sortes de vers qui plus haut se déployent
A différents sujets diversement s'employent.
D'une syllabe à cinq, on voit bien rarement
Une pièce de vers écrite longuement;
D'ordinaire on les mêle; ils ont pour apanage
Soit un sujet lyrique ou quelque badinage.
Les vers de six ou sept n'ont jamais pour objet,
Ou rarement du moins, un sérieux sujet.
Le huit est plus coulant, plus rapide : aussi l'ode
Au vol impétueux très-bien s'en accommode.

Le dix, ou vers commun, a le ton familier;
Dans le style du conte il sait bien s'allier.
Le vers alexandrin, surnommé héroïque,
Est préféré surtout dans le poème épique,
L'églogue, l'élégie, et généralement
Pour tout sujet qui veut être écrit noblement.
On voit en *vers suivis*: satire, tragédie,
Elégie, épopée, épître, comédie,
Tout poème soigné qui sous la plume naît.
En *vers croisés*: ballade, ode, rondeau, sonnet,
Chanson.
En *vers mêlés* ou libres: fable, conte,
Madrigal, épigramme, enfin tout ce qui compte
Dans les sujets légers.
Ceux d'amour ou sacrés
Sont en un certain ordre en la stance enserrés:
Soit romance ou chanson, soit ode, hymne, cantate,
Sauf les distinctions que la règle constate.
La stance est plusieurs vers ayant un sens complet.
Elle a nom: strophe en l'ode; en la chanson, couplet.
De *quatre* vers à *seize* on compte dans la stance,
Dont l'ordre par le nombre est établi d'avance.
Cinq vers, et passé dix, il n'est rien d'indiqué.
Les stances ont toujours un quatrain de marqué
Que partage un repos; ses rimes sont croisées.
Toutes les stances sont sur ce quatrain basées.
Deux vers, *genres suivis*, ajoutés au quatrain,
Soit avant, soit après, composent le sixain.
Au premier cas, la pause est au vers troisième,
Sans que jamais le sens s'étende au quatrième;

Au second cas toujours il se fait un repos
Dont le sens seul des vers indique l'à-propos.
Les stances, soit de sept ou neuf vers, se disposent
En un quatrain d'abord, les autres vers se posent
Ainsi que de l'auteur le goût l'aura réglé.
La stance de huit vers est un quatrain doublé.
Les rimes de chacun quelquefois s'entrelacent,
Mais les repos toujours aux deux quatrains se placent.
La stance de dix vers, ses quatre vers posés,
Veut que les autres soient en tercets divisés.
C'est au goût à régler des rimes la croisure,
Le mélange des vers d'une et d'autre mesure;
De l'ordre ménagé dans cet arrangement
Ressortira toujours des stances l'ornement.
Alors que chacune a la même symétrie,
La stance est *régulière ;* et quand elle varie,
C'est une stance *mixte* ; et si l'on a changé
Soit le nombre de vers, ou qu'on ait mélangé
Soit le mètre ou la rime en façon singulière,
Et sans observer d'ordre, elle est *irrégulière.*
Quand tout serait égal en répartition,
Cela ne suffit point à leur perfection.
Voici ce que la règle exige avec instance :
Qu'en chacune le sens finisse avec la stance ;
Que le vers qui la clôt évite de rimer
Avec le vers suivant qui va l'autre entamer.
Loin qu'une même rime entr'elles les unisse,
Il faut changer le genre : ainsi, qu'une finisse
Par un vers masculin, l'autre, contrairement,
Par un féminin s'ouvre, et réciproquement.

La stance enfin rejette une rime introduite
Qui dans la précédente aurait été produite.
De l'entrelacement des vers suivis, croisés,
En grands et petits vers avec soin divisés,
Tant de combinaisons diverses peuvent naître
Qu'il nous faut renoncer à les faire connaître;
C'est Malherbe, Rousseau, l'illustre Béranger,
Qui nous enseigneront l'art de les mélanger.
Deux poèmes anciens de formes singulières
Ont encore chacun leurs lois particulières.

Règles du Sonnet.

Quatorze vers égaux composent le sonnet;
Deux quatrains sur deux sons de pareille nature;
Deux tercets différents de rime et de structure;
Pour les deux premiers vers, même rime renaît.

Aux quatre vers derniers, jamais on ne permet
La rime des quatrains, pas même leur croisure;
Aux deux, quatre, six, huit, onze vers à mesure
Laissant le sens intact, une pause se met.

On ne voit un vers faible entrer dans ce poème,
Nul penser étranger au sujet, et pas même
D'un mot déjà placé la répétition.

Noble dans son sujet, recherché dans le style,
Plein de force, de grâce et d'élévation,
Il prend l'alexandrin à la licence hostile.

Règles du rondeau. — PREMIER EXEMPLE.

De treize vers est le rondeau badin,
De mètre égaux, mais point d'alexandrin;
Sur deux sons seuls la rime se dispose.

Au vers cinquième il se fait une pause;
Après huit vers arrive le refrain.

Cinq vers d'un genre et huit en masculin,
Ou sept de l'autre et six en féminin,
Toujours ainsi le compte se compose
De treize vers.

Pour huit d'un genre, on met: premier, deux, cinq,
Six, sept, neuf, dix, treize du même. Enfin
Si l'on a six féminins (stricte clause),
Trois entreront dans chaque phrase close
Des mots qu'on voit répétés à la fin
De treize vers.

SECOND EXEMPLE. — A jeu de mots :

METS *treize vers* en trois lots partagés,
Cinq, trois et cinq de manière arrangés
Que, sur les sept masculins qu'on dispose,
Trois se verront dans la première pose
Et deux dans chaque aux deux autres rangés.

Ces trois vers-ci ne sont jamais changés;
Un féminin juste au milieu se pose.
Combien sont-ils de la sorte arrangés?
MAIS, *treize vers.*

En voilà neuf déjà de ménagés
Et celui-ci le dixième compose,
Peut-être, hélas! ils seront dérangés
Par le refrain auquel le sens s'oppose
Bon gré mal gré pour les clore il expose
MES *treize vers.*

PARIS. — IMPRIMERIE CENTRALE DE NAPOLÉON CHAIX ET Cie, RUE BERGÈRE, 20.

www.ingramcontent.com/pod-product-compliance
Ingram Content Group UK Ltd.
Pitfield, Milton Keynes, MK11 3LW, UK
UKHW021200230726
13926UKWH00001B/208

9 782014 083071